A Ben y Sammi

© 2016, Editorial Corimbo por la edición en español
Av. Pla del Vent 56
08970 Sant Joan Despí (Barcelona)

corimbo@corimbo.es
www.corimbo.es

Traducción al español de Ana Galán

1ª edición octubre 2016
© Salina Yoon 2016

Esta traducción de "Be a Friend" esta publicada por
Editorial Corimbo por acuerdo con Bloomsbury Publishing Plc.

Impreso en China

Depósito legal: DL B 10673
ISBN: 978-84-8470-547-5

SED AMIGOS

SALINA YOON

Corimbo

DENNIS era un

niño normal . . .

que se expresaba de formas
EXTRAORDINARIAS.

Todos le llamaban el
NIÑO MIMO.

Dennis no decía ni una sola palabra.

Solo **ACTUABA**: hacía teatro.

Algunos niños llevaban cosas al colegio para **HABLAR** de ellas y **MOSTRARLAS**.

Dennis, en cambio, **HACÍA MIMO**.

HUEVO

ORUGA

CRISÁLIDA

MARIPOSA

A algunos niños les gustaba **TREPAR**
a los árboles.

A Dennis le gustaba **SER** un árbol.

Pero a veces hasta los árboles se sienten **SOLOS**.

Dennis se sentía INVISIBLE.

Era como si estuviera al otro lado
de una **PARED**.

Hasta que . . .

Un día, Dennis le dio una patada

a una pelota **IMAGINARIA**...

¡y alguien la **ATRAPÓ**!

Se llamaba **JOY**.

Entre Dennis
y Joy no había
ninguna pared.

Era más bien
un **ESPEJO**.

Ambos veían el mundo
de la **MISMA** manera.

Dennis y Joy no decían ni una sola

PALABRA,

porque entre **AMIGOS** no hace

falta hablar.

Pero se reían muy alto moviendo
LAS MANOS . . .

¡para que todo el mundo lo **VIERA**